AF423696

* 9 7 8 9 9 4 8 8 4 6 7 0 3 *

الإعلام ومؤسسات المجتمع المدني أدوات الإخوان في خوض الصراع السياسي والتغلغل المجتمعي

د. شرين محمد فهمي محمد

اتجاهات حول الإسلام السياسي (10)

يناير 2022

Order No.: MC-02-01- 8847018

ISBN: 978-9948-846-70-3

@ مركز تريندز للبحوث والاستشارات
http://trendsresearch.org

نبذة عن

مركز تريندز للبحوث والاستشارات

يُعد مركز "تريندز للبحوث والاستشارات" مؤسسة بحثية مستقلة، تأسس عام 2014، ويهتم باستشراف المستقبل في جوانبه الاستراتيجية والسياسية والاقتصادية، وتتبع القضايا العالمية المختلفة. كما يهدف المركز إلى تحليل الفرص والتحديات على مختلف الصُّعُد الجيوسياسية الراهنة، وما تحمله من متغيرات محتملة، مع محاولة إيجاد إجابات وتفسيرات علمية وموضوعية من شأنها المساهمة في التأثير في اتجاهات الأحداث مع مراعاة نواحي التحليل والنقد والاستشراف.

ويقدّم المركز، من أجل تحقيق غاياته العلمية، دراسات رصينة ذات أبعاد استشرافية مستقبلية، ويطرح أفضل البدائل الممكنة لمساعدة صنّاع القرار في معرفة التطورات الإقليمية والدولية بشكل أعمق، والاستفادة مما توفره من فرص. كما يقوم المركز برصد الاتجاهات والتغييرات الاستراتيجية والاقتصادية والإقليمية والدولية، والتنبؤ بآثارها المستقبلية، وذلك وفق الضوابط العلمية المتعارف عليها دولياً لدى أعرق مراكز التفكير والبحث العلمي.

قائمة المحتويات

ملخص تنفيذي

بحثت الدراسة في أدوات جماعة الإخوان المسلمين في التغلغل المجتمعي وفي خوض الصراع السياسي منذ تأسيسها في مصر عام 1928 وحتى الفترة التي عقبت ثورة 30 يونيو 2013، والمتمثلة في وسائل الإعلام التقليدية والجديدة، ومؤسسات المجتمع المدني مثل الجمعيات الخيرية والنقابات المهنية.

استخدمت الجماعة مؤسسات المجتمع المدني بهدف تعزيز رصيدها المجتمعي واكتساب تعاطف قوى المجتمع من ناحية، فيما استخدمت وسائل الإعلام في صراعها مع أجهزة الدولة ومؤسساتها لاسيَّما بعد عام 2011 من ناحية أخرى.

وتوصلت الدراسة إلى أن الأدوات والآليات التي وظفتها الجماعة (الأذرع الإعلامية ومؤسسات المجتمع المدني)، كان لها دوراً كبيراً في خلق عمق اجتماعي للجماعة عابر للطبقات الاجتماعية، مكَّنها من الحصول على كتلة تصويتية كبيرة ساعدتها على الوصول إلى السلطتين التشريعية والتنفيذية عقب ثورة 25 يناير 2011، لكن استخدامِها الإعلام في الصراع لم يؤتِ ثماره خاصة بعد عام 2013.

وقد أدت ممارسات الإخوان الخاطئة في الحكم إلى تضييق نطاق فرصها السياسية وإلى تآكل رصيدها المجتمعي عقب ثورة 30 يونيو 2013، ما أسهم في سقوطها سريعاً وتصنيفها كجماعة إرهابية في الداخل والخارج بموجب قرار مجلس الوزراء المصري الصادر في 25 ديسمبر 2013 بحيث فقدت قدرتها على التأثير والفاعلية.

مقدمة

اعتمدت جماعة الإخوان المسلمين في مصر منذ نشأتها عام 1928 على ركيزتين أساسيتين، هما توظيف وسائل الإعلام ومؤسسات المجتمع المدني (الجمعيات الخيرية والنقابات المهنية بالأساس)، بهدف تعزيز رأس المال الاجتماعي للجماعة واكتساب تعاطف قوى المجتمع من ناحية، وامتلاك أدوات تساعد على خوض الصراع مع أجهزة الدولة ومؤسساتها من ناحية أخرى.

في هذا السياق، حرص أعضاء جماعة الإخوان وكوادرها على إصدار صحف ومجلات لنشر أفكار الجماعة والترويج لها في المجتمع، وعلى إنشاء الجمعيات الخيرية والتغلغل في المجتمعات الطلابية والنقابية، وهو ما بدأ قبل ثورة 23 يوليو 1952، واستمر بعدها في السنوات الأولى من العهد الناصري، وخلال حقبة الرئيس محمد أنور السادات وطوال عهد الرئيس محمد حسني مبارك.

وقد حاولت جماعة الإخوان المسلمين منذ نشأتها توظيف وسائل الإعلام التابعة لها في تشكيل صورة لنفسها باعتبارها جماعة معتدلة تمثل الإسلام الحقيقي بعيداً عن الجماعات المتطرفة والتنظيمات الإرهابية، وهو ما يفسر رؤى بعض مراكز الدراسات ووسائل الإعلام الغربية لجماعة الإخوان بأنه يمكن احتواءها في بنية النظم السياسية الحاكمة، بدلاً من خيار التهميش والاستبعاد الذي قد يدفعها إلى ممارسة العنف والدخول في موجة من عدم الاستقرار.

وقد لاحت الفرصة التي أسهمت في ازدياد دور جماعة الإخوان المسلمين في التفاعلات السياسية الداخلية عقب ثورة 25 يناير 2011، لاسيَّما في ظل امتلاك عناصرها وكوادرها مهارات التعامل مع وسائل التكنولوجيا الجديدة

للدفاع عن تحركها ومشروعها، حيث أطلقت الجماعة وسائل إعلام مرئية لتكون أذرع لها، ووظفت الرصيد المجتمعي الذي بلورته على مدى سنوات من "تأطير الفراغ" في ظل ضعف دور الدولة في بعض المناطق بدلتا وصعيد مصر، ونجاحها في التغلغل في أوساط الطلاب والعمال والمهنيين. علاوة على ذلك فقد تزايد تغلغل الجماعة بعد ثورة يناير في العديد من النقابات المهنية مثل الصحفيين والمحامين والأطباء والصيادلة، وهو ما عزز الحواضن الاجتماعية والاقتصادية لها في مواجهة مؤسسات الدولة.

لكن جاءت ثورة 30 يونيو 2013 لتضع حداً ليس لبقاء جماعة الإخوان في حكم البلاد، وإنما لتغلغلها المجتمعي أيضاً، حيث تمت محاصرة الأذرع الإعلامية والاجتماعية للجماعة، من خلال إغلاق صحيفتها اليومية (الحرية والعدالة) وقنواتها الفضائية ومواقعها الإلكترونية، ومكاتبها، وتجميد أنشطة الجمعيات الخيرية التابعة لها، إضافة إلى القضاء على وجودها في النقابات المهنية، على نحو قلص من رصيدها المجتمعي.

على ضوء ذلك تسعى هذه الدراسة إلى تتبع عملية توظيف جماعة الإخوان المسلمين الإعلام ومؤسسات المجتمع المدني في صراعها السياسي مع الدولة المصرية وفي التغلغل في المجتمع، ومدى نجاح الجماعة في تحقيق أهدافها من وراء هذه العملية، مع استشراف مدى قدرة الجماعة على إحياء نشاطها المجتمعي بعدما تعرضت له من ضربات شديدة أفقدتها القدرة على التحرك والتأثير بعد ثورة 30 يونيو 2013.

أولاً: التطور التاريخي لخبرة الإخوان المسلمين في المجال الإعلامي

اتجهت جماعة الإخوان المسلمين إلى توظيف الأدوات والوسائل الإعلامية في التأثير على المجتمع، وفي خوض صراعها السياسي مع السلطة، وبالتالي فإنه من الأهمية بمكان تسليط الضوء على التطور التاريخي لتجربة الإخوان في مجال الصحافة والإعلام في المجتمع، تلك التجربة التي اتضحت معالمها منذ تأسيس الجماعة عام 1928.

1- رؤية جماعة الإخوان المسلمين لدور الإعلام في المجتمع

تنطلق رؤية جماعة الإخوان لدور الإعلام في المجتمع من فكرة إدماج وسائل الإعلام المختلفة في إطار الجهود الدعوية والدعائية للجماعة، وهو ما يتضح بالنظر إلى أفكار حسن البنا، حيث لا تقدم هذه الأفكار رؤية لدور مستقل للصحافة في المجتمع كناقل للأخبار والآراء المتنوعة أو كرقيب، وإنما تدمج الصحافة في إطار الجهود الدعوية والدعائية للجماعة، وبهذا يمكن القول أن البنا أسس لرؤية تدمج الصحافة والإعلام في إطار أنشطة الدعوة، وربما يكون قد تأثر في ذلك بالمنظور السوفييتي أو النازي لدور الصحافة والإذاعة كوسائل دعائية لتبرير تحقيق الغايات المنشودة، ومن ثم جاءت التجارب الصحفية في عصر البنا في ضوء هذا الطابع الإدماجي، والذي تطور بعد ذلك ليواكب دواعي ومواجهات الجماعة ضد السلطة الحاكمة في مصر[1].

ويفهم مما سبق، أن رؤية جماعة الإخوان لوظائف الصحافة والإعلام تخضع لمقتضيات الدعوة ومحاذيرها، لتتحول بالتالي الصحافة والإعلام والإعلاميين إلى مجرد أدوات لتنفيذ مراحل وسياسات الدعوة في عملهم وتغطيتهم

---

1. محمد منصور محمود هيبه، "الصحافة الإسلامية في مصر بين عبدالناصر والسادات: 1952-1980"، (القاهرة: دار الوفاء، 1990)، ص 151.

الإعلامية، وهو ما يمكن أن نطلق عليه بـ "الطابع الإدماجي للصحافة والإعلام في جهود الدعوة لجماعة الإخوان وتحقيق أهدافها"[2].

وقد تشكلت تلك الرؤية الضيقة للجماعة لدور الإعلام في الدعوة والدعاية للجماعة انطلاقاً من أربعة مصادر تشيع في كتابات الإخوان بصفة خاصة وجماعات الإسلام السياسي بصفة عامة، وهي:

المصدر الأول: تأكيد الطابع العقائدي والشمولي للإسلام، وبالتالي الدمج بين الإسلام والدعوة، بحيث يصبح الإعلام مجرد أداة دعوية ودعائية[3].

المصدر الثاني: إضفاء كل ما هو إيجابي وصالح أو مرغوب فيه من العمل الإعلامي على الإعلام الإسلامي.

المصدر الثالث: محاولة تأويل أشكال الاتصال والتواصل الأولية في عصر النبوة والخلفاء الراشدين، باعتبارها تسبق نماذج ونظريات الاتصال والإعلام المعاصر، وأحياناً تتفق معها، وهو نوع من التأويل والتوظيف البعدي لظواهر تاريخية إسلامية.

المصدر الرابع: تجارب الأنظمة الشمولية في توظيف الإعلام كأداة دعائية أيديولوجية لخدمة مصالح النخبة الحاكمة، وهو ما برز جلياً في حالات هتلر في ألمانيا وموسوليني في إيطاليا، إضافة إلى تجارب حكومات إسلامية في السودان وإيران وتركيا، وبالطبع هذه التجارب عززت من موقف الإخوان العدائي تجاه حرية الإعلام ودوره في المجتمع، وأغرت الجماعة بتكرار هذه التجارب تحقيقاً لأهدافها في التمكين والأخونة وفرض هيمنتها السياسية والاجتماعية[4].

2. د. عبدالعظيم رمضان، "تطور الحركة الوطنية في مصر: 1918 - 1936"، الجزء الأول، (القاهرة: الهيئة العامة للكتاب، 1996) ص ص 3 – 10.

3. محمد موسى البر، "الإعلام السياسي: دراسة تأصيلية"، (القاهرة: دار النشر للجامعات، 2010)، ص 30.

4. عبد الرازق محمد الدليمي، "الإعلام الإسلامي"، (عمان: دار المسيرة، 2013)، ص ص 15-30.

حرصت جماعة الإخوان المسلمين منذ تأسيسها على يد حسن البنا عام 1928 على امتلاك منصات عدة لنشر دعوتها الفكرية والدفاع عن مشروعها السياسي عبر صحف ومجلات مملوكة لها، وأخرى اشترت فيها مواد إعلانية في شكل محتوى إعلامي.

فبعد سنوات عدة من نشأة الجماعة، أعلن المؤسس حسن البنا تدشين أول جريدة أسبوعية تولى رئاسة تحريرها بنفسه في 15 يونيو 1933، وظلت منتظمة الصدور حتى 1938، وهي صحيفة "الإخوان المسلمين" الأسبوعية. وعقب ذلك أُصدِرت مجموعة من الصحف الأخرى التي استمرت لفترات قصيرة مثل صحيفة "النذير" الأسبوعية (1938 – 1939)، ومجلة "المنار الشرعية" (1939 – 1940)، ومجلة "التعارف" الأسبوعية (1940)، ومجلة "الشعاع" الأسبوعية (1940)، وصحيفة "الإخوان المسلمين" اليومية (1946 – 1948)، ومجلة الشباب" الشهرية (1947 – 1948) ومجلة "الكشكول الجديد" (1948)[5].

وفي مرحلة لاحقة، أصدرت الجماعة مجلة "الدعوة" (1951 – 1957)، و"الفتح" وغيرها من الصحف، ونظراً إلى توتر العلاقة بين نظام الرئيس جمال عبدالناصر و"الإخوان"، ضُيِّق على الجماعة في مجال الإعلام، حيث مُنعت من إصدار الصحف، والمجلات. وعندما عادت الجماعة إلى الساحة خلال عهد السادات في سياق توازنات القوى لمواجهة التيار اليساري، استأنفت إصدار "مجلة الدعوة" إلى أن توقف النشاط الإعلامي مرة أخرى في أواخر عهد السادات بعدما زج بالإخوان إلى السجون[6].

---

5. د. شريف درويش اللبان، "من النشأة إلى السقوط: الأدوات الإعلامية لجماعة الإخوان المسلمين"، المركز العربي للبحوث والدراسات، 19 مارس 2014، http://www.acrseg.org/2644

6. Von Anita Breure" ,Media experiences and communication strategies of the Egyptian Muslim Brotherhood from 1928 to 2011", 1/2014 A brief historical overview for Schungs Journal .https://www.die-gdi.de/uploads/media/fjsb-plus_2014-1_breuer2.pdf

وقد استمر توقف النشاط الإعلامي للإخوان في بداية عهد مبارك خاصة طوال فترة الثمانينيات من القرن الماضي وذلك خوفاً من الصدام مع نظام مبارك، والتي كانت ترتبط معه الجماعة بعلاقات صراع محدود وتعايش قلق[7]، لكن في عقد التسعينيات من القرن الماضي سُمح لها بتأسيس عدد من الصحف مثل "الأسرة العربية" و"آفاق عربية"، كما كانت تشتري صفحات في جريدتي "النور" و"الحقيقة"، هذا إلى جانب توجهها إلى إصدار ثلاث مجلات شهرية هي "المختار" و"الاتسام" و"لواء الإسلام"، كما شاركت في قناة "الحوار" اللندنية عام 1996[8].

ومن الواضح أنه برغم اهتمام الجماعة بالإعلام وحرصها على الوجود في الساحة الإعلامية فإن الصحف والمجلات التي كانت تصدرها منذ نشأتها لم تكن منتظمة الصدور حيث كانت تستمر لفترات زمنية قصيرة[9]، ويرجع ذلك لأسباب كثيرة أهمها المنع والمصادرة، وضعف الإمكانيات المالية، والطابع الأيديولوجي الضيق لصحافة الإخوان، والتي غلب عليها الطابع الدعوي الإصلاحي، والابتعاد عن تقديم تغطية صحفية متنوعة تشبع حاجات الجمهور من غير أعضاء الإخوان والمتعاطفين معهم.

وفي ظل هذا التعثر الإعلامي المستمر لجماعة الإخوان المسلمين برز حدثان مهمان سعت الجماعة بشدة إلى استغلالهما لتحسين أدائها الإعلامي ومواجهة الحظر المفروض عليها داخل مصر، الأول هو، قرار أمير قطر السابق الشيخ حمد بن خليفة آل ثاني، تدشين قناة "الجزيرة"، في بدايات عام 1996 حيث أوكل إدارتها الفنية إلى بعض كوادر الإخوان المسلمين في

7. محمد شومان، "تطور فكرة القومية العربية في الصحافة المصرية 1924- 1952"، القاهرة، رسالة ماجستير غير منشورة، كلية الإعلام، جامعة القاهرة، 1990، ص 96.

8. المرجع السابق، ص 98.

9. منير أديب، "إعلام الإخوان المسلمين ودعايات الفوضى والعنف"، المركز اللبناني للأبحاث والاستشارات، 27 أكتوبر 2018، http://www.center-lcrc.com/index.php?s=22&id=27202

الأردن، فضلاً عن عدد من المنتمين للتيار الإسلامي في دول عربية عدة، إضافة إلى تخصيص برنامج "الشريعة والحياة" على شاشتها للأب الروحي للإخوان "يوسف القرضاوي"، الذي هاجر إلى قطر منذ خمسينيات القرن الماضي[10].

والحدث الثاني هو ظهور شبكة الإنترنت، حيث كانت الجماعة في طليعة الأحزاب والجماعات السياسية المحظورة التي أطلقت منذ عام 1998 الكثير من المواقع والمدونات وصفحات للتواصل الاجتماعي، وذلك إدراكاً لما توفره هذه الشبكة من قدرات وإمكانات اتصالية وإعلامية هائلة بعيداً عن الحجب والرقابة، حيث استخدمت الجماعة هذه الأدوات الإلكترونية كأدوات إعلامية ووسائل للدعاية والتنظيم والحشد منخفضة التكلفة، كما استخدمتها كذلك لمواجهة الحظر القانوني والسياسي المفروض عليها عبر الاهتمام بمن يطلق عليهم "نشطاء الإنترنت" الذين كانوا قوة فاعلة في تحريك الرأي العام الإلكتروني، وتوجيهه نحو اتخاذ مواقف من قضايا مثارة، حيث تواصل نشطاء الجماعة مع العديد من النشطاء في الداخل والخارج من أجل الترويج لفكر الجماعة[11].

وقد توسعت الجماعة في إطلاق المواقع الإلكترونية خاصة بعد نجاح دورها في انتخابات برلمان 2000، حيث بدأت المواقع الإخوانية المتخصصة في الظهور، كالتي تخاطب الطلبة والعمال، والتي تنطق باسم الجماعة في كل محافظة، كما ظهر موقع "إخوان أون لاين" في إبريل 2003 ليكون أول موقع رسمي للجماعة، واعتمد في تشغيله وتحريره على أعضاء الجماعة أو مؤيديهم، وقد لعب الموقع دوراً بالغ الأهمية في انتخابات برلمان 2005،

---

10. "حمد بن خليفة.. تاريخ من الانقلابات والتآمر"، البيان الإماراتية، 3 يوليو 2017،
https://www.albayan.ae/one-world/arabs/2017-07-03-1.2993709 .

11. خالد حنفي علي، "ظاهرة نشطاء الإنترنت في مصر"، ملف الأهرام الاستراتيجي، القاهرة: مركز الأهرام للدراسات السياسية والاستراتيجية، العدد 104، (أغسطس 2003)، ص ص 87 – 88.

أهلته لأن يكون ضمن المئة موقع الأولى عند المصريين، غير أنه تراجع بعد ذلك بشكل مستمر[12].

ومع ظهور المدونات في الألفية الجديدة بدأت التجربة التدوينية "إخوان ويكي" عند الإخوان في عام 2005 بمدونات محدودة تختص بتقديم تاريخ الجماعة ومواقفها من وجهة نظر رسمية، كما أدارت الجماعة العديد من صفحات الفيس بوك، وموقعاً لتقديم مقاطع فيديو وأفلام تروج للجماعة بعنوان "إخوان تيوب" وفي نهاية عام 2006 وبدايات 2007، توسعت التجربة التدوينية الإخوانية بشكل كبير، فظهرت مدونات ضد الدولة مثل "انسى"، و"الحرية لبشر"، و"الحرية لحسن مالك"، و"رجل حر رغم القيود"، ومدونات شباب الإخوان مثل مدونات "أنا إخوان"، و"مش هنبطل"، و"يالا مش مهم"، و"ابن أخ"، و"نجوم الحيرة"[13].

3-المنصات الإعلامية للإخوان بعد ثورة 25 يناير 2011

مع قيام ثورة 25 يناير 2011 لعبت أدوات الإعلام الجديد التي تمتلكها الجماعة أدواراً مهمة في متابعة أحداث الثورة[14]، خصوصاً موقع "إخوان أونلاين"، وصفحة "رصد" التي أسسها أحد شباب الجماعة – أنس فوزي – على الفيس بوك، وقامت بنقل وقائع الثورة من الشوارع والميادين بشكل مستمر وبالكلمة والصورة، وذلك من خلال شبكة مراسلين متطوعين، أغلبهم من أعضاء الجماعة الذين شاركوا في الثورة[15].

---

12. د. محمد شومان، "ثورة 25 يناير في الخطاب الإعلامي لجماعة الإخوان المسلمين" في "غواية السلطة ووهم التمكين"، (دبي: مركز المسبار للدراسات والبحوث، 2011)، ص ص 54-56.

13. د. محمد شومان، "تطور فكرة القومية العربية في الصحافة المصرية 1924- 1952"، مرجع سابق، ص 58.

14. رشا عبدالله، "الإعلام المصري في خضم الثورة"، صدى كارنيجي، 16 يوليو 2014،
https://carnegieendowment.org/sada/?fa=56329&lang=ar

15. لمزيد من التفاصيل بشأن صفحة إخوان أونلاين على الفيس بوك.
https://www.facebook.com/ikhwanonline/

وكعادتهم استثمر الإخوان ثورة 25 يناير لتحقيق أهدافهم الخاصة، حيث حاولوا الحصول على أكبر قدر من المكاسب، وقد تمكنوا بلعبهم على المتناقضات خلال الثورة وبعدها من تحقيق بعض المكاسب حيث سُمح لهم بتأسيس حزب العدالة والتنمية ومن ثم إصدار صحيفة الحرية والعدالة الناطقة بلسان حال الحزب والجماعة، ثم إطلاق قناة فضائية هي "مصر 25"[16].

وبعد قيام ثورة 30 يونيو وإغلاق المنصات الإعلامية التابعة لجماعة الإخوان المسلمين كافة اتجهت الجماعة إلى إطلاق العديد من القنوات الفضائية في تركيا التي ما لبث أن أغلق العديد منها لأسباب مختلفة ولم يتبق إلا ثلاث قنوات هي "وطن" و"مكملين" و"الشرق"، وحتى هذه الأخيرة أصبحت على المحك في ظل التقارب الحاصل بين مصر وتركيا.

ويتضح مما سبق، تنوع وسائل الإعلام التي استخدمتها جماعة الإخوان لتحقيق أهدافها، لتشمل أدوات الإعلام المرئي (قنوات ومحطات فضائية)، والمكتوب (صحف وجرائد)، فضلاً عن الاستفادة بشكل جيد من أدوات الإعلام الجديد New Media عبر الإنترنت من خلال شبكات الاتصال الاجتماعي، والتي كانت بمنزلة أداة للتعبئة والحشد الجماهيري، بما عزز رأس المال الاجتماعي للإخوان ودعمه، خاصة خلال المراحل الانتقالية التي عقبت ثورة 25 يناير.

ثانياً: توظيف الإخوان للأدوات الإعلامية في الصراع السياسي

وظفت جماعة الإخوان المسلمين الأدوات الإعلامية، في صراعها السياسي، بأشكال مختلفة، سواء في مرحلة ما قبل وصولها إلى الحكم أو بعد مغادرتها، وذلك على النحو التالي:

---

16. Barbara Zollner", Surviving repression: How Egypt's Muslim Brotherhood has carried on ," March 11, 2019, Carnegie Middle East Center.

1- توظيف الإخوان للإعلام في الصراع السياسي قبل الوصول إلى الحكم

ركز إعلام الإخوان منذ ظهوره على فكرة نشر أفكاره بهدف جذب الأتباع والمتعاطفين وتكوين رأي عام مؤيد للجماعة وأفكارها، وقد استمرت هذه العملية حتى سُمح للجماعة بالمشاركة في الانتخابات البرلمانية، حيث بذل الإعلام الإخواني المتمثل في بعض الصحف الصغيرة التي ظهرت في تسعينيات القرن الماضي جهداً كبيراً في نشر مواقف الجماعة عبر إبراز البيانات التي كانت تصدرها وتصريحات بعض قادتها عبر المؤتمرات الصحفية، وفي الدفاع عن مواقف الجماعة تجاه عدد من القضايا، وهو ما عُبّر عنه لسنوات طويلة "بالخطاب الإعلامي لجماعة الإخوان المسلمين".

وقد تطور هذا الخطاب بعد ولوج الجماعة العالم الرقمي، حيث أصبح يمتلك العديد من الأدوات التي استطاع توظيفها واستثمارها لمواجهة الحصار الإعلامي الذي فرضه نظام مبارك على الجماعة، وذلك من خلال استخدام وسائل الإعلام الجديد التي سبق الإشارة إليها، والتي ساعدت الجماعة بشدة على الظهور بشكل كبير قبيل ثورة يناير وخلالها، وهو ما يعني أن الجماعة – شباب الجماعة تحديداً – واكبوا عملية التشبيك الاجتماعي وشاركوا في الحراك السياسي الافتراضي، ثم الانتقال السريع إلى أرض الواقع[17].

وقد استخدم الإخوان أدواتهم الإعلامية في فترة ما بعد اندلاع ثورة 25 يناير لترويج أفكارهم وتأكيد قدرتهم على المشاركة في الحكم ولفت الأنظار إليهم، وفي الوقت نفسه استخدام النمط "التهييجي" الذي يقوم على توظيف الأزمات واستغلالها لتهييج الرأي العام ضد المجلس الأعلى للقوات المسلحة في إدارته لشؤون البلاد على مدى عام ونصف (يناير 2011- يونيو

---

17. خالد حنفي علي، مرجع سبق ذكره، ص 88.

2012)، مع محاولة إظهار توجه الجماعة نحو المشاركة لا المغالبة مع بقية القوى السياسية، المدنية والدينية[18].

2- توظيف الإخوان للإعلام في الصراع السياسي بعد الوصول إلى الحكم

عندما وصل الإخوان إلى الحكم في مصر، كانت لديهم تلك الرؤية الإدماجية عن الإعلام الدعوي والدعائي الذي ينبغي أن يعمل في خدمة مشروع الجماعة، بهدف التغطية على ما يعتريه من غموض وعدم وضوح في التفاصيل، وعلى نقص خبرتهم بمتطلبات الحكم، لذلك تبنت الجماعة نموذج "الإعلام السلطوي" الذي كانت ترفضه وتعارضه خلال فترة حكم مبارك، فقد سارعت الجماعة لدى وصولها السلطة، إلى توظيف المنظومة الإعلامية الحكومية للدفاع عن السلطة الجديدة، وتبرير سياساتها ومواقفها والترويج لها بين المواطنين[19].

وبهذا يتضح أن الجماعة وسعت من نطاق الدور الدعوي الدعائي للإعلام، من نشر الدعوة والدفاع عن الجماعة ومعارضة سياسات الأنظمة الحاكمة، إلى الدفاع عن سلطة وحكم الإخوان، وبدلاً من الاعتماد على وسائل الإعلام التابعة للجماعة، سعى الإخوان إلى الهيمنة على الإعلام الحكومي، وترويض الإعلام الخاص، للعمل ضمن منظومتها الجديدة الإدماجية الدعوية والدعائية، مع محاولة الاستفادة من تجارب إسلامية وصلت إلى الحكم وتعاملت بدرجات مختلفة من القمع والتوظيف للإعلام، مثلما حدث في إيران والسودان وتركيا[20].

---

18. ناثان براون، المشاركة لا المغالبة: الحركات الإسلامية والسياسية في العالم العربي، ترجمة سعد محيو (بيروت: الشبكة العربية للأبحاث والنشر ومركز كارنيجي للشرق الأوسط، 2012)، ص 12.

19. إبراهيم الصياد، "لماذا فشل الإخوان في حكم مصر؟"، الحياة، 22 يونيو 2019.

20. علي جلال معوض، "تفسيرات تعثر الأحزاب الإسلامية الصاعدة إلى السلطة في مرحلة ما بعد الثورات"، ورقة مقدمة إلى ورشة عمل التحولات الداخلية "الحكومات الملتحية: تعثر الأحزاب الإسلامية الصاعدة إلى السلطة في مرحلة ما بعد الثورات في المنطقة العربية"، 19 فبراير 2014، القاهرة، المركز الإقليمي للدراسات الاستراتيجية.

كما حاولت الجماعة وراثة دور الحزب الوطني ونظام مبارك في الهيمنة على المنظومة الإعلامية وتوظيفها لمصلحتها، وساعدها على ذلك بقاء قوانين الإعلام ومواثيق الشرف الصحفي والإعلامي كما هي دون تغيير منذ رحيل مبارك، يضاف إلى ذلك السماح للإخوان بتأسيس العديد من القنوات والصحف الجديدة التي يمتلكها رجال أعمال وشركات إعلانات وبعض الشخصيات المحسوبة على تيار الإسلام السياسي، وكذلك تعيين رؤساء مجالس إدارات ورؤساء تحرير ونقيب صحفيين ووزير إعلام ينتمون إلى الجماعة.

كما لم يلتزم حزب "الحرية والعدالة" بتطبيق ما وعد به بشأن الإعلام في برنامجه الانتخابي، فذلك البرنامج المعروف دعائياً بـ"مشروع النهضة" لم يخصص قسماً للإعلام برغم تناوله لتفاصيل كثيرة، واقتصر حديثه عن الإعلام على إشارات مقتضبة في سياق موضوعات أخرى مثل دعوته لترسيخ قيم العفة والحياء في الإعلام وفي التعليم، وذلك في إطار وعود البرنامج للنهوض بالمرأة[21].

تضاف إلى ذلك هيمنة الإخوان على اتحاد الإذاعة والتلفزيون، فحين تولى صلاح عبدالمقصود، أحد أعضاء الجماعة، منصب وزير الإعلام، أعاد تشكيل الاتحاد من شخصيات قريبة الصلة بالإخوان، كما حاول توظيف هذا الجهاز الحكومي للدعاية للرئيس محمد مرسي وحكومته بما يعزز من رصيدهم لدى الرأي العام المصري، إضافة إلى ذلك شكَّل عبدالمقصود مجلساً أعلى للصحافة أغلبيته من الإخوان أو المتعاطفين معهم بهدف الهيمنة على الصحف والمجلات في الساحة المصرية[22].

21. د. محمد شومان، "الإعلام في ظل حكم محمد مرسي"، في تقييم حكم الإخوان في مصر، كتاب المسبار، دبي، مركز المسبار للدراسات، العدد 90، يونيو 2014، ص ص 1-2.

22. عمرو صحصاح، "4 وزراء ورئيس مجلس للإعلام في 3 سنوات.. مقابل 3 وزراء لمدة 30 عام"، 22 أغسطس 2013، اليوم السابع https://bit.ly/3ApcID3

كما سعى الإخوان من خلال دستور عام 2012 إلى "أخونة الإعلام" إذ لم يلتزم الدستور بالمعايير الدولية واتفاقيات الأمم المتحدة بشأن حرية الإعلام وإتاحة المعلومات وتداولها، كما أجازت المادة (48) وقف أو غلق أو مصادرة الصحف بحكم قضائي[23]، وهو ما يعتبر عقوبة جماعية محظورة دولياً، وأيضاً أخضعت المادة (49) حرية إصدار الصحف ومحطات البث الإذاعي والتلفزيوني ووسائط الإعلام الرقمي للترخيص، من دون تحديد سلطات الجهة الإدارية، حيث أحال الدستور تنظيم هذه الحقوق إلى القانون[24].

وأنشأ دستور 2012 مجلساً وطنياً للإعلام، وهيئة وطنية للصحافة والإعلام تتولى إدارة المؤسسات الإعلامية المملوكة للدولة (المادتين 215 و216)، ولكن الدستور منحهما سلطات رقابية على المضامين الإعلامية، ولم يحدد آلية اختيار أو تعيين أعضاء المجلس والهيئة أو ضمانات استقلالهما عن الدولة، وتركهما للقانون، كما منح رئيس الجمهورية سلطة اختيار رئيس المجلس أو الهيئة، وهو ما عدَّه بعضهم الأمر الذي قد يؤثر في استقلالهما[25].

لكن الممارسات الخاطئة التي ارتكبها الإخوان وهم في الحكم ومن بينها عمليات توظيف الإعلام وإدماجه ضمن جهود الدعوة والدعاية لمصلحة الرئيس مرسي وحكومته، أدت إلى تكاتف الأحزاب والقوى المدنية المعارضة لحكم الإخوان، وتشكيلها فيما بينها "جبهة الإنقاذ" لمواجهة هيمنة الإخوان وانفرادهم بالسلطة، الأمر الذي دفع الإخوان والمتعاطفين

---

23. محمد سعد إبراهيم، "نحو مدخل نظري جديد لتفسير دور الإعلام في أزمة الشرعية في مرحلة التحول الثوري"، المجلة العربية لبحوث الإعلام والاتصال، القاهرة: الجامعة الكندية، العدد الأول، السنة الأولى، 2013، ص ص 23- 25.

24. عبدالله خليل، "القيود الدستورية والتشريعية على حرية الرأي والتعبير في عهد الرئيس مرسي"، العربية نت، 31 مارس 2013، https://bit.ly/3mAR58F

25. RASHA ABDULLA", Egypt's media in the midst of revolution" , July 2014, paper published by Carnegie Endowment for International peace, pp 6-20 .

معهم بتقييد حرية الإعلام وإرهاب الإعلاميين من خلال التحقيق معهم وملاحقتهم قضائياً، ومهاجمة بعض الصحف المناوئة للجماعة مثل صحيفتي "الوطن" و"الوفد" واستهداف صحيفة "البوابة" وحرق إحدى أدوارها، فضلاً عن محاصرة جماعة حازم أبو إسماعيل المتحالفة مع الإخوان مدينة الإنتاج الإعلامي، وأيضاً اتهام المرشد العام لجماعة الإخوان للإعلام بأنه إعلام مغرض يسيء إلى إنجازات الرئيس مرسي وحكومته، وكانت ثورة الشعب المصري في 30 يونيو 2013 خير رد على الجماعة التي أرادت أن تفرض سيطرتها على البلاد وتغلق كل المنافذ الإعلامية عدا الإخوانية منها[26].

3- توظيف الإخوان للإعلام في الصراع السياسي بعد مغادرة الحكم

عقب ثورة 30 يونيو 2013، وما تلاها من قرار مجلس الوزراء المصري في 25 ديسمبر من العام نفسه باعتبار أن تنظيم جماعة الإخوان المسلمين تنظيماً إرهابياً تُحظر عليه ممارسة العمل السياسي داخلياً وخارجياً، أُغلقت معظم القنوات والصحف والمواقع الإلكترونية التابعة لسيطرة الجماعة ومنها قناة "مصر 25"، وصحيفة "الحرية والعدالة" وغيرها، إلا أن هذا الإجراء لم يمنع قيادات الإخوان الهاربة إلى الخارج بعد 30 يونيو من إنشاء منابر إعلامية بديلة واستغلالها.

وتتمثل أهم الأسباب التي دفعت جماعة الإخوان المسلمين إلى القيام بذلك في محاولة عرقلة تثبيت أقدام النظام السياسي الجديد بعد 30 يونيو والتشكيك في شرعيته، واستمرار الدفاع عن الجماعة في مصر باعتبارها الجماعة الأم للجماعات الإخوانية المنتشرة في المنطقة، إضافة إلى استمرار

---

26. د. شريف درويش اللبان، "البحث عن الدور المنشود: دور الإعلام في دعم مؤسسات الدولة المصرية"، 2018، ورقة مقدمة للمؤتمر العلمي الدولي الثالث للمعهد الكندي للإعلام بالقاهرة، الذي عقد خلال الفترة 2-3 مايو 2018 بعنوان "دور الإعلام العربي في دعم مؤسسات الدولة في ظل المتغيرات الراهنة".

الدعم المقدم من بعض القوى الإقليمية (وبخاصة قطر وتركيا) لجماعة الإخوان، من أجل الدفاع عن مشروع الإسلام السياسي في المنطقة والمعروف إعلامياً بـ"الحكومات الملتحية"[27].

وبناء عليه، لا يمكن حصر الخطاب الإعلامي الإخواني، في منصات الجماعة الرسمية فقط، حيث كانت هناك شبكة واسعة من الفضائيات والوكالات التي عبرت عن هذا الخطاب ووُجدت في العديد من الدول كقطر وتركيا وبعض الدول الأوروبية، واستهدفت بصورة رئيسية افتعال أي بذور احتجاجية واصطناعها وتفعيلها، والتشكيك المستمر في أداء النظام المصري، بل وفي القوى السياسية والنخب الحزبية، خاصة التي تؤمن بالدولة ودوائر أمنها القومي[28]. ويعرض الجدول رقم (1) هذه المنصات بوضوح.

جدول (1)
المنابر الإعلامية التابعة لجماعة الإخوان أو التي تعبر عنها خارج مصر بعد ثورة 30 يونيو 2013

المقر	1- قنوات ظهرت بعد 30 يونيو ومستمرة في البث
	أ- القنوات السياسية
تركيا	الشرق
تركيا	مكملين
تركيا	وطن
بلجيكا	قناة "لا"
تركيا	القناة التاسعة
	ب- القنوات الدينية
تركيا	قناة دعوة

---

27. علي جلال معوض، مرجع سبق ذكره.

28. "مركز تريندز للبحوث والاستشارات ينظم ندوة عن بعد تحت عنوان الإخوان المسلمين والإعلام بين الأيديولوجيا والسياسة"، الوطن، 12 نوفمبر 2020.

	2- قنوات ظهرت بعد 30 يونيو وأغلقت سريعاً
تركيا	أحرار مصر 25
إسطنبول	رابعة
تركيا	الثورة
تركيا	مصر الآن
تركيا	الشرعية
3- قنوات تابعة لفروع الإخوان في دول أخرى غير مصر	
تابعة لفرع التنظيم في الأردن	اليرموك
البث من لندن ولها مكتب في تركيا	قناة الحوار
4- قنوات لا تحمل شعار "لوجو" الإخوان لكنها تعبر عنهم	
قطر	الجزيرة
لندن	التلفزيون العربي
5- السوشيال ميديا	
	شبكة رصد
	شبكة خبر
	شبكة ناشرون
	شبكة أخبار الإخوان المسلمين
	إخوان أون لاين
	الصفحة الرسمية لجماعة الإخوان
	رابطة محبي الإخوان
	صفحات قيادات الجماعة
6- مواقع وصحف مدعومة من قطر وتركيا تدافع عن الإخوان	
	سياسة بوست
	نون بوست
	العربي الجديد
	التقرير
	عربي 21
	الخليج الجديد
	الخليج أون لاين

	عربي بوست
	ميدل إيست آي
7- أبرز المراكز البحثية الداعمة للإخوان	
الدوحة وواشنطن	بروكنجز
الدوحة وفروعه في واشنطن وتونس وبيروت وباريس	المركز العربي للأبحاث ودراسات السياسات
تركيا	المعهد المصري للدراسات
الدوحة	مركز الجزيرة للدراسات
8- أبرز المراكز الحقوقية الإخوانية	
واشنطن	مركز المصريين الأمريكيين للديمقراطية وحقوق الإنسان
بريطانيا	مؤسسة قرطبة للحوار العربي الأوروبي
إسطنبول	رابعة ضحية الديمقراطية
له مقران الأول في لندن والثاني في باريس	المعهد الأوروبي للعلوم الإنسانية

المصدر: الجدول أعد بتصرف من الباحثة بالاعتماد على لطفي سالمان، "منصات الجماعة.. منابر التحريض"، 14 مايو 2019، http://www.m.elwatannews.com>news>data

وقد اتجهت جماعة الإخوان المسلمين عقب ثورة 30 يونيو 2013 وعزل محمد مرسي إلى استخدام الإعلام كأداة رئيسية في صراعها مع الدولة المصرية، حيث قامت الجماعة بشن حرب إعلامية شرسة ضد الدولة مستخدمة فيها كل الأدوات الإعلامية، سواءً كانت مواقع التواصل الاجتماعي "الفيس بوك" أو "القنوات الفضائية".

وقد رصدت الجماعة ميزانيات مالية ضخمة جداً لتمويل هذه الحرب، وأنشأت كتائب إلكترونية تدار من بعض الدول لبث الأكاذيب والشائعات للتحريض ضد الجيش والشرطة، ومحاولة بث الهزيمة النفسية في نفوس الشباب المصري، وتفكيك البنية التحتية الشبابية، واستخدام الأساليب والدعاية المغرضة لإحداث بلبلة وتفكيك التكتل والاصطفاف الشعبي، ومن أبرز القنوات الفضائية الداعمة للجماعة بعد ثورة 30 يونيو قناة مكملين، التي بثت برامج تحريضية ضد الجيش والشرطة، الغرض منها

تأجيج التظاهرات وتحريض الطلاب للتظاهر والقيام بأعمال العنف لإعاقة العملية التعليمية، كذلك التحريض على تهديد أمن واستقرار الوطن[29].

وكذلك قناة "اليرموك"، والتي كانت من أوائل القنوات التي كانت تبث تظاهرات معتصمي "رابعة" و"النهضة"، وتحرض على العنف والقتل، والانقلاب على الجيش والشرطة. إضافة إلى قناة "مصر الآن"، والتي كانت مملوكة فعلياً لشركة تابعة للتنظيم الدولي للإخوان المسلمين، وقد حرض مذيعوها على قتل الضباط المصريين، للثأر والانتقام من مؤسسات الدولة[30].

ويمكن الإشارة أيضاً إلى قناة "الشرق" التي اتخذت من تركيا مقراً لها حيث بثت القناة عدداً من البرامج التحريضية ضد الجيش والشرطة المصرية، ومحاولة تشويه مسيرة إنجازات النظام السياسي القائم[31].

إلى جانب هذه القنوات التلفزيونية، استخدمت الجماعة وسائل التواصل الاجتماعي بمختلف أشكالها، بهدف التحريض وإثارة الفتنة. وقد تركز نشاط الإخوان في هذا الجانب على صفحات الفيس بوك، التي تنوعت بين صفحات ذات محتوى إخباري تنطق بلسان الجماعة، وصفحات مستقلة قريبة من الجماعة، وهي الأكثر انتشاراً من حيث عدد المشتركين فيها، ومن أبرز هذه الصفحات عموماً "شبكة رصد"، "شبكة خبر"، شبكة "أخبار الإخوان المسلمين"، "شبكة ناشرون الإخبارية"، "إخوان أون لاين". إضافة إلى ذلك أنشئت صفحات رسمية متحدثة بلسان الجماعة، مثل "الصفحة الرسمية لجماعة الإخوان المسلمين"، وصفحات ذات طبيعة اجتماعية مثل "رابطة محبي جماعة الإخوان المسلمين"، وصفحات تتحدث بألسنة

---

29. "كتائب إلكترونية وقنوات إخوانية لتفتيت مصر"، الموقع الإلكتروني لبوابة الأهرام.
https://www.gate.ahram.org.eg/daily/News/202357/12/608615/

30. هبة عفيفي، "ثورة الغلابة 11/11"، انتشار واسع يحيطه الغموض"، مدى مصر، 6 نوفمبر 2016.
https://www.madamasr.com/6/11/2016

31. عبدالفتاح سالم، "30 يونيو" ثورة قصمت ظهر "إعلام الإخوان"، صحيفة المبتدأ، 26 يونيو 2018:
https://www.mobtada.com/details/736194

قياداتها وبعض الشخصيات البارزة يديرها بعض الشباب مثل صفحة محمد مرسي.

كما ظهرت صفحات أخرى داعمة للجماعة تتضمن محتوى ضد الدولة المصرية، وتتضمن دعوات لتنظيم التظاهرات والوقفات الاحتجاجية مثل "التراس نهضاوي"، و"ربعاوية"، وصفحات فردية قام بإنشائها أحد أعضاء الجماعة أو المتعاطفين معها، ونذكر في هذا الإطار الدعوة التي أطلقها ياسر العمدة أحد مؤسسي حزب "ثوار التحرير"، عبر شبكات التواصل الاجتماعي للخروج للتظاهر يوم 11 نوفمبر 2016 تحت مسمى "ثورة الغلابة"[32]. حيث حاولت الجماعة استغلال حالة الغضب والسخط الشعبي المتزايدة إزاء تدهور الأوضاع الاقتصادية والمعيشية بالبلاد على إثر اتخاذ الحكومة المصرية قرارات اقتصادية عدة شملت تحديد سعر صرف الجنيه وتقليص دعم الوقود؛ ما تسبب في رفع أسعار المواد الغذائية، فأطلقت الجماعة دعوتها "لثورة الغلابة"، وذلك بهدف تحريض المواطنين على إثارة القلق بالبلاد وزعزعة الاستقرار، لكن المحاولة الإخوانية قد باءت بالفشل، فلم تلق مبادرة جماعة الإخوان استجابة مؤثرة من المواطنين، ومن ثم كانت الفاعلية محدودة النطاق وضعيفة التأثير[33].

ويمكن القول إن استخدام الجماعة للإعلام في صراعها مع الدولة المصرية لم يحقق أي نتائج إيجابية لها، بل العكس صحيح تماماً، لاسيَّما في ظل إغلاق قنواتها الفضائية باستمرار سواء بسبب أزمات داخلية، أو بسبب الصراع بين الشخصيات المحسوبة على الجماعة بشأن الاستحواذ على

32. د. شرين محمد فهمي، "إخوان مصر: بين الصعود والهبوط 2011 – 2017"، (القاهرة: دار العربي للنشر والتوزيع)، 2019، ص265.

33. "خانوا وطنهم فتسولوا لقمتهم في الغربة.. قنوات الإخوان في تركيا هكذا بدأت ثم انهارت"، مركز المرجع لدراسات وأبحاث استشرافية حول الإسلام الحركي ومقره باريس، 30 يونيو 2011:
https://www.alarjie-paris.com/18071

مصادر التمويل إلى جانب وجود أزمات تخص المحتوى أو الشخصيات الإعلامية التي تظهر فيها، خصوصاً أن المواد التي تستند إليها هذه القنوات كانت غير ذات مصداقية حيث تغلب عليها محاولات الإساءة إلى الدولة المصرية، فضلاً عن أزمة التمويل بها بعد انكشاف حجم الادعاءات الكاذبة فترة بعد أخرى من ناحية، ونجاح النظام الحاكم في عهد الرئيس السيسي في تحقيق إنجازات في الداخل المصري من ناحية أخرى. فضلاً عن مواءمات الدولة التركية للتهدئة مع مصر في ظل محادثات استكشافية للتوصل إلى تسوية بشأن القضايا العالقة[34]، وهو ما يأتي في سياق الاستدارة الإقليمية للسياسة الخارجية التركية[35].

وقد أسهمت العوامل السابق ذكرها في تراجع الأذرع الإعلامية، وخاصة الكتائب الإلكترونية، المعبرة عن توجهات جماعة الإخوان وتآكل مصداقيتها، على نحو ما بدا جلياً في عام 2021، فيما تطرحه بشأن وجود قنوات اتصال مع الدولة المصرية للمصالحة أو التفاوض بشأن عناصرها المسجونين، وهو ما نفته مصادر رسمية[36]. يضاف إلى ذلك، أن القنوات الإعلامية المملوكة للدولة المصرية أو للقطاع الخاص أسهمت في كشف زيف الخطاب الإعلامي للإخوان، علاوة على التمهيد لسقوط حكمهم قبل اندلاع ثورة 30 يونيو 2013[37].

---

34. "ارتباك في صفوف الإخوان بعد التهدئة الإعلامية بين مصر وتركيا"، الخليج، 21 مارس 2021.
https://bit.ly/3q4ZJ0C

35. عبداللطيف حجازي، "البحث عن أصدقاء: دوافع تغير السياحة الخارجية التركية نحو التهدئة"، مركز المستقبل للأبحاث والدراسات المتقدمة، 25 مارس 2021. https://bit.ly/32iI7qc

36. "بعد نفي مصر رسمياً.. لماذا المصالحة مع تنظيم الإخوان مستحيلة؟"، سكاي نيوز عربية، 6 أكتوبر 2021.
https://bit.ly/3dV1tUT

37. "هيكل: الإعلام لعب دوراً كبيراً في التمهيد لـ30 يونيو.. والإعلاميون انتبهوا قبل أن تطير رقابهم"، اليوم السابع، 25 يناير 2021. https://www.almasryalyoum.com/news/details/2242343

اهتمت جماعة الإخوان المسلمين اهتماماً كبيراً بمؤسسات المجتمع المدني سعياً إلى بناء قاعدة شعبية ومجتمعية كبيرة داخل المجتمع المصري تستطيع توظيفها لمصلحتها، وفي هذا الصدد يمكن الحديث عن نموذجين رئيسيين استخدمتهما الجماعة من أجل تحقيق هذا الهدف هما الجمعيات الخيرية والنقابات المهنية.

1- الجمعيات الخيرية

حرص حسن البنا مؤسس جماعة الإخوان المسلمين منذ وقت مبكر على أن يكون لجماعته ظهيراً اجتماعياً قوياً، يستند إلى قدرات اقتصادية ملموسة، وقد نفذ "الإخوان" خلال عهد مبارك وبالتحديد في العشرية الأخيرة، تعاليم البنا في هذا الصدد بوضوح، فأقاموا المدارس والمستشفيات والمشروعات العقارية وشركات مواد البناء وشركات النقل والمواصلات وشركات لتجارة الجملة والتجزئة في المواد الغذائية والملابس الجاهزة، كما أقاموا العديد من المشروعات الاقتصادية تراوحت بين أنشطة التعدين والمحاجر، والغزل والنسيج[38]، وكان معظمها في شكل شركات مساهمة، إضافة إلى العشرات من الشركات الصغيرة التي غطت مختلف المحافظات المصرية[39].

وقد نجحت الجماعة خلال هذه المرحلة في ترجمة مفهوم رأس المال الاجتماعي إلى دعم انتخابي كبير، حيث استغلت انكماش الأدوار الاجتماعية والتنموية لمؤسسات الدولة وقصورها عن أداء وظائف التوزيع

---

38. Jane Kinnimont" ,New Socio-Political Actors: The Brotherhood and Business in Egypt ,"
July 2012, Opinion on the Mediterranean (op-med).
https://www.iai.it/en/pubblicazioni/new-socio-political-actors

39. د. عمار علي حسن، "الشبكة الاجتماعية والاقتصادية للإخوان والسلفيين.. دراسة"، المصري اليوم، 25 يوليو
2015. https://www.almasryalyoum.com/news/details/779836

العادل للمنافع العامة، واستخدمت ما لديها من عوائد مالية حققتها من مشاريعها الاقتصادية في إقامة أنشطة خيرية واجتماعية ملأت بها الفراغ الذي خلقه تخلي الدولة عن هذه الأدوار، فأسست شبكة خدمات اجتماعية واسعة النطاق خاصة في المناطق الفقيرة غايتها الأساسية حشد التأييد السياسي واستقطاب كوادر جديدة للتنظيم على المستوى المحلي، وقد تكامل ذلك مع السيطرة على المساجد وتوجيه خطاب ديني داعم للجماعة سياسياً[40].

وتمثلت أبرز أشكال الخدمات التي قدمتها الجماعة للمواطنين في دفع النفقات الشهرية للأسر التي اعتُقل عائلها، ومساعدة المواطنين في مراحل التعليم المختلفة أو في مواجهة الظروف الصحية الصعبة، فضلاً عن مساعدة الأيتام والفقراء عبر الصدقات الدائمة أو الموسمية المتقطعة. وقد مكنت هذه الخدمات الجماعة من تشكيل قوة اجتماعية حُشِدَت للتصويت لمصلحة مرشحيها في الاستحقاقات الانتخابية التي خاضوها، وقد ظهر الأمر جلياً عقب ثورة 25 يناير، حين قام الإخوان بتوزيع سلع تموينية على الفقراء في بعض المدن أملاً في الحصول على أصواتهم الانتخابية، وهو ما كان يعني أن تصاعد تسييس العمل الخيري الإسلامي بعد الثورة، قد ساعد على خلق كتل تصويتية مساندة لجماعة الإخوان في الوصول إلى السلطة السياسية، ثم توظيفها في الاحتجاجات والصدامات المتتالية[41].

---

40. Steven Brooke" ,The Muslim Brotherhood's social outreach After the Egyptian coup ," 2015working paper, Brookings's institution, pp 1-13.

وانظر أيضاً:

Clara – Auguste Sub/ Ahmad Noor Aakhunzzada" ,The Socioeconomic Dimension of Islamism Radicalization in Egypt and Tunisia ,"February 2019, brief working paper, No. 45, p 15.

41. د. عمار علي حسن، "اقتصاديات الإخوان المسلمين بمصر"، مقالة منشورة على الرابط الإلكتروني لمجلة السفير العربي، 31 أكتوبر 2012.

http://www.arabi-assafir.com/printaticle.asp?aid=390/31-10-2012

وجدير بالذكر أن جماعة الإخوان قد تمكنت من الاستفادة بشكل كامل من زوال قيود تأسيس الجمعيات الأهلية عقب ثورة 25 يناير لتعزيز تغلغلها في المجتمعات المحلية عبر ما يعرف بشبكات الخدمات والرعاية الاجتماعية، فعقب الثورة قُدِّرَ عدد الجمعيات الأهلية التي أُسِّسَت وسُجِّلت بوزارة التضامن الاجتماعي المصرية في العامين التاليين للثورة (2011- 2013) بنحو 4600 جمعية أهلية، كان أكثر من نصفها جمعيات خيرية إسلامية، وقد تركزت الأغلبية العظمى من هذه الجمعيات في محافظات الوجه القبلي، وفي أكثر المحافظات فقراً (أسيوط – قنا – المنيا – بني سويف- سوهاج – الفيوم – أسوان)، ومنها بعض الجمعيات الخيرية في عدد من محافظات الجمهورية التي تتمتع جماعة الإخوان فيها بثقل وقبول[42].

ومن الجدير بالذكر أنه للمرة الأولى في تاريخ الجمعيات الأهلية في مصر، ترتبط أغلبية الجمعيات الخيرية برموز من جماعة الإخوان، والتيارات السلفية المعروفة في محافظات الوجه القبلي، وقد شهدت مصادر تمويل هذه الجمعيات وإنفاقها تطوراً ملحوظاً تمثل في تدفق ملايين الدولارات عليها من الخارج (من جمعيات دينية مماثلة في دول أخرى، ومن فروع ومكاتب الجماعة في الخارج)، هذا إلى جانب تدفق التمويل من داخل مصر، من أرباح واستثمارات شركات إخوانية، ومن أموال الزكاة والصدقات[43].

ومن أبرز الجمعيات الخيرية التابعة للإخوان جمعية الدعوة الإسلامية وفروعها في محافظات الصعيد وجمعيات "سنابل الخير" و"سند الخير" وفروع جمعيات الخدمات الاجتماعية، إذ أدت دور الإخوان في مختلف القرى والأحياء في الإمداد بالخدمات الأساسية مثل توزيع أسطوانات الغاز

---

42. د. أماني قنديل، "التحولات في البنية والوظيفة: المجتمع المدني بعد الثورات في مصر"، المركز العربي للدراسات والبحوث، 30 ديسمبر 2014، http://www.acrseg.org/30498.

43. لمزيد من التفاصيل، انظر: البيانات الرسمية المتاحة من جانب قاعدة بيانات وزارة التضامن الاجتماعي المصرية، 2016، القاهرة.

وتوفير أرغفة الخبز، فضلاً عن الدورات التدريبية والتثقيفية وتأهيل الشباب لسوق العمل.

وتعد حملة "معاً نبني مصر" التي تبنتها جماعة الإخوان في الذكرى الثانية لثورة 25 يناير قبيل المظاهرات المرتقبة للمعارضة في هذه الذكرى احتجاجاً على أحداث الاتحادية، أحد نماذج التوظيف السياسي للأعمال الخيرية، فوفقاً لبيانات جماعة الإخوان تمكنت الحملة من تحقيق ما لا يقل عن 77% من أهدافها، حيث أُصلحت نحو 2614 مدرسة في مختلف أنحاء الجمهورية، ونُظِّمَت نحو 3908 قافلة طبية استفاد منها 1.7 مليون مواطن، فضلاً عن 1436 حملة تجميل وتنظيف الشوارع العامة وزراعة آلاف من الأشجار المثمرة، كما نظمت الجماعة 4673 سوقاً تعاونية خيرية لبيع السلع الأساسية بأسعار زهيدة لمساعدة محدودي الدخل[44].

وتركزت أغلب هذه الأنشطة في محافظات الصعيد، بما يعكس التوجه الانتخابي لأنشطة الجماعة لتعزيز سيطرتها على قواعد تأييدها، فعلى سبيل المثال شهدت محافظة الفيوم تنظيم ما لا يقل عن 170 قافلة طبية مجانية قدمت خدماتها لنحو 40 ألف مريض، فضلاً عن تنظيم ألف سوق خيرية و90 قافلة لصيانة الأجهزة المنزلية مجاناً وقوافل للعلاج البيطري قامت بعلاج 3 آلاف رأس ماشية.

يضاف إلى ذلك، تدشين حزب "الحرية والعدالة" حملات توظيف عدة كان منها حملة تحت مسمى "إتوظف وإدعيلي"، التي تم إطلاقها قبيل نهاية مايو 2013 برعاية د. محمد عنتر – مستشار وزير القوى العاملة والهجرة –

---

44. انظر حملة "معاً نبني مصر"، 2013، على الفيس بوك:
http://www.facebook.com/hm/tk/naHnbnymsrkfrAlshykh

لتوظيف ما لا يقل عن 3300 شاب من شباب الجيزة و2500 شاب في الإسكندرية، فضلاً عن حملات مماثلة في مختلف المحافظات[45].

وقد كانت الشبكات الاجتماعية التي شكلتها الجماعة عنصراً حاضراً في جميع الاستحقاقات الانتخابية التي خاضتها لاسيَّما خلال الفترة التي عقبت ثورة 25 يناير 2011 حتى سقوط حكم الإخوان في 30 يونيو 2013، فقد منحت هذه الشبكات الجماعة قاعدة جماهيرية من الناخبين يمكن الاستناد إليها، وهو ما أكدته نتائج تلك الاستحقاقات حين كشفت عن علاقة طردية بين السلوك التصويتي لمصلحة الجماعة وأماكن وجود شبكات الرعاية الاجتماعية، فقد شهدت المناطق التي يتزايد فيها النشاط الاجتماعي للجماعة تعاظماً في التصويت لمصلحة مرشحيها[46].

لكن في المقابل، مثلت الشبكات الاجتماعية عبئاً حقيقياً على الجماعة لم تنتبه إليه عندما وصلت إلى الحكم في يونيو 2012، فقد اعتقدت الجماعة أنه يمكن تسيير شؤون الحكم بمنطق العمل الجماعي الذي كانت تجيده طيلة وجودها في صفوف المعارضة، وهو ما أدى إلى مأزق حقيقي، فهي من جانب لم تتمكن من إدارة الدولة بملفاتها الأكثر تعقيداً وتشابكاً، ومن جانب آخر كانت القواعد الشعبية تتوقع الكثير من حكم الإخوان، ولكنها اكتشفت أن السلطة تتجاوز إمكانات الجماعة، وبمرور الوقت تزايد السخط الشعبي تجاهها، وبدا أن رأس المال الاجتماعي لجماعة الإخوان يتآكل بوتيرة

---

45. انظر "الإخوان المسلمون تطلق حملة أتوظف وأدعيللي أمام مساجد الجيزة"، اليوم السابع، 24 مايو 2013. https://bit.ly/3FAJcJ8

46. شرين محمد فهمي محمد، "التغير في هيكل الفرص السياسية في مراحل الحراك الثوري: دراسة حالة جماعة الإخوان المسلمين في مصر"، القاهرة، رسالة دكتوراه غير منشورة، قسم العلوم السياسية، كلية الاقتصاد والعلوم السياسية، جامعة القاهرة، 2017، ص 232.

متسارعة لم تسمح لقيادات الجماعة بإعادة النظر في أخطائها، أو حتى قراءة الواقع بصورة أكثر دقة[47].

بعبارة أخرى لقد تآكل المخزون الجماهيري الداعم لجماعة الإخوان المسلمين، ففيما ظلت الجماعة تحظى بمساندة جماهيرية خلال عقود ماضية كان من ثمارها وصول الجماعة إلى سدة الحكم بعد ثورة 25 يناير، فإنها سرعان ما اصطدمت بواقع ومعطيات مغايرة، وانكشف عجزها عن إدارة شؤون الدولة، وبينما كانت منشغلة بأزمات الحكم كان المخزون الجماهيري الذي تتمتع به يتضاءل تدريجياً حتى بدا أنه أوشك على النفاذ[48]. بل إنه وصل بالفعل إلى نقطة اللاعودة في 30 يونيو 2013[49].

ويفهم مما سبق، أن جماعة الإخوان المسلمين تمكنت على مدار سنوات طويلة من تكوين رأس مال اجتماعي عميق وعابر للطبقات الاجتماعية، في ركاب "العمل الخيري"، وقد وُظِّفَ رأس المال الاجتماعي في عملية التقدم نحو حيازة السلطة بتحويله إلى رأسمال سياسي، وهو ما تحقق بالفعل خلال وقت مبكر.

وكانت خطوة الدولة بتجميد الجمعيات الخيرية التابعة لجماعة الإخوان بعد 30 يونيو، بمنزلة مؤشر على فقدان الجماعة عمقها الاجتماعي، حيث أصدرت محكمة الأمور المستعجلة في 23 سبتمبر 2013 حكماً بحظر

---

47. Abdel Rahman Ayyash" ,Strong Organization, weak Ideology: Muslim Brotherhood Trajectories in Egyptian prisons since 201329 ,"th April 2019, Arab Reform Initiative, pp 1-10.

48. محمد بسيوني عبد الحليم، "تآكل شعبي: مأزق شبكات الرعاية الاجتماعية لإخوان مصر بعد 30 يونيو"، 30 سبتمبر 2013، مقالة منشورة على الموقع الإلكتروني للمركز الإقليمي للدراسات الاستراتيجية، http://www.ressmideast.org/30-9-2013

49. د. هشام العوضي، "الإسلاميون في السلطة: حالة مصر"، مجلة المستقبل العربي، بيروت: مركز دراسات الوحدة العربية، العدد 413، (يوليو 2013)، ص 28.

نشاط جماعة الإخوان، وقامت لجنة إدارة أموال وممتلكات الإخوان التي تشكلت بمقتضى هذا الحكم، بالتحفظ على أموال 737 قيادياً إخوانياً داخل مصر وخارجها، وكذلك أموال 1107 جمعية أهلية ثبتت علاقتها بالجماعة، و527 قيادياً إخوانياً بمن فيهم الرئيس المعزول محمد مرسي، علاوة على 81 مدرسة إخوانية من إجمالي 400 مدرسة، لعدم التزامها بمناهج وزارة التربية والتعليم المصرية وقواعدها[50]، ويضاف إلى ذلك قرار مجلس الوزراء في مصر في 25 ديسمبر 2013 باعتبار جماعة الإخوان "جماعة إرهابية" في الداخل والخارج بعد اتهامها بتدبير تفجير مديرية أمن الدقهلية[51].

2- النقابات المهنية

تمثل النقابات المهنية أحد أبرز معاقل جماعة الإخوان المسلمين، حيث كانت من بين أهم منصات الانطلاق ووسيلتها المفضلة للعمل والتواصل مع الجماهير، وتنظيم الفعاليات، نتيجة التضييق الذي مارسته الأنظمة السياسية عليها في معظم العقود، ومن هنا كانت تلك النقابات من أهم الطرق التي استخدمتها الجماعة للتغلغل في المجتمع المصري[52].

وقد شهدت فترة الثمانينيات من القرن الماضي تطوراً كبيراً في الفكر السياسي للجماعة وكانت النقابات المهنية أولى ثمار هذا التطور ونتاجه، إذ شارك الإخوان في انتخابات نقابة الأطباء عام 1984، وخلال عامين أصبحت لهم قوائم في

---

50. د. عمار علي حسن، مرجع سبق ذكره.

51. "مصر تعلن رسمياً الإخوان المسلمين جماعة إرهابية"، رويترز، 25 ديسمبر 2013، على الرابط التالي: https://reut.rs/3AuDgNI

وانظر أيضاً: "الحكومة: قرار اعتبار الإخوان جماعة إرهابية يسري على الحرية والعدالة"، المصري اليوم، 25 ديسمبر 2013. https://bit.ly/2YDwHvz

52. "الأسماء.. خريطة الإخوان بالنقابات المهنية: الجماعة سيطرت على غرف لصناعة القرار كهيئات استشارية للحكومة.. والمستقلين: الحرية والعدالة حشد طاقاته البشرية لإحكام قبضته على مفاصل الدولة"، اليوم السابع، 16 مارس 2013. https://bit.ly/3lq6GZ5

انتخابات نقابات المهندسين وأطباء الأسنان والزراعيين والصيادلة والصحفيين والتجاريين والمحامين، وحصل الإخوان في نقابة الأطباء على سبعة مقاعد ضمن 25 مقعداً يشكلون مجلس النقابة عام 1984[53].

وقد توسع نفوذ الإخوان في نقابة الأطباء حتى وصل عددهم في مجلس النقابة عام 1990 إلى 20 مقعداً، كما فازوا في انتخابات نقابة المهندسين بـ45 مقعداً ضمن 61 مقعداً في مجلس النقابة عام 1987، وقد سيطر الإخوان على واحدة تلو الأخرى من النقابات المهنية حتى توجت تلك الانتصارات في انتخابات نقابة المحامين، حيث حققوا فوزاً كبيراً عام 1992، إذ حصدوا 14 مقعداً من بين 24 مقعداً، وبذلك أصبحوا لأول مرة أغلبية في مجلس النقابة (54). وبصفة عامة فقد تجلى بروز قوى التيار الإسلامي وفي مقدمتها جماعة الإخوان، على ساحة العمل النقابي، في ظاهرتين: الأولى: هي نجاح أنصار التيار الإسلامي في تشكيل مجالس بعض النقابات المهنية، والثانية: ازدياد الأنشطة الفكرية والنقابية والخدمية التي يقوم بها هذا التيار من خلال اللجان الفرعية والنوعية داخل النقابات[55].

غير أنه يلاحظ أنه منذ بداية الثمانينيات وحتى منتصف التسعينيات من القرن الماضي، تركز حضور الإخوان القوي في النقابات المهنية على وجه التحديد مقابل ضعفه وغيابه في النقابات العمالية والتجمعات الأخرى ذات الطبيعة الاقتصادية (مثل الغرف التجارية والصناعية وجماعات رجال

---

53. د. أماني قنديل، "الجمعيات الأهلية في مصر وسنوات المخاطر (2011- 2017)"، 2017، ص ص 3-42، وانظر أيضاً: السيد ياسين (رئيس تحرير)، 1989، القاهرة، "التقرير الاستراتيجي العربي عام 1988"، مركز الدراسات السياسية والاستراتيجية بالأهرام، ص432.

54. عبده زينه، "المحامون المصريون يخوضون محاولة ثانية اليوم لإتمام أول انتخابات لنقابتهم منذ 10 سنوات"، صحيفة الشرق الأوسط، 24 فبراير 2001.
https://archive.aawsat.com/details.asp?article=27711&issueno=8124#.Ybzsk2hBzlU

55. د. أماني قنديل، "الدور السياسي لجماعات المصالح في مصر: دراسة نقابة الأطباء"، (القاهرة: مركز الدراسات السياسية والاستراتيجية بالأهرام، 1988)، ص ص 22- 27.

الأعمال)، ويمكن تفسير هذا الأمر وفق رؤية الإخوان بعاملين رئيسيين، فمن جانب ترى الجماعة أن نطاق النقابات العمالية ينحصر بالقضايا اليومية والحياتية على حساب القضايا الكبرى أو الإسلامية، إلى جانب اعتبارات المصلحة التي تحكم هذه التجمعات في المقام الأول[56]، ومن جانب آخر يرى الإخوان أن التجمعات الاقتصادية الأخرى ترتبط ارتباطاً كبيراً بالعالم الغربي وخاصة الولايات المتحدة الأمريكية، وبالتالي فإن الهدف هو عزلها وليس الاندماج فيها حتى يسهل ضربها وفقاً للاستراتيجية الأشمل التي تحكم الجماعة ورؤيتها لتغيير المجتمع.

وقد تنوعت أساليب الإخوان ووسائلهم في العمل النقابي لإدارة الصراع السياسي مع الدولة والتعبير عن مواقف المعارضة السياسية ومنها إصدار البيانات السياسية والتنسيق مع الصحافة الحزبية والخاصة، وتنظيم الاجتماعات والندوات السياسية والسعي إلى التعاون مع النقابات الأخرى، ويمكن في هذا الصدد الإشارة إلى تعامل الإخوان مع القانون رقم (100) لسنة 1993 والمعدل بالقانون رقم (5) لسنة 1995 والمسمى قانون ضمانات ديمقراطية النقابات المهنية، الذي وضع لوقف التمدد الإخواني في النقابات المهنية[57].

وبرغم تجميد أكثر من 10 نقابات شهدت صعوداً للإخوان منذ تطبيق القانون، حيث فرضت الحراسة على بعضها وحل مجالس إدارات بعضها الآخر بمقتضى هذا القانون[58]، فإن النفوذ الإخواني استمر من خلال مواصلة تقديم الخدمات للأعضاء من قبيل معارض السلع المعمرة، والقروض الميسرة وغيرها، وبرامج

56. د. هالة مصطفى، "الدولة والحركات الإسلامية المعارضة بين المهادنة والمواجهة في عهدي السادات ومبارك"، (القاهرة: دار أجيال المستقبل للطباعة والنشر، 1995) ص 329.

57. انظر بشأن القانون رقم (100) لسنة 1993 والمعدل بالقانون رقم (5) لسنة 1955، على الرابط:http://kenanaonline.com/users/ahmedel3arashiy/posts/196866

58. د. أماني قنديل وآخرون، "التطور العالمي والإقليمي لمفهوم حقوق الإنسان وانعكاساته على المنظمات الأهلية"، (القاهرة: الشبكة العربية للمنظمات الأهلية، 2006)، ص ص 50- 60.

الرعاية الصحية والضمان الاجتماعي والخدمات المهنية، وبهذا نجحت الجماعة أكثر من أي جماعة أخرى في استغلال النقابات المهنية لتوثيق علاقاتها بالقطاعات المتعلمة من الطبقة الوسطى في المجتمع المصري[59].

وعلى الرغم من مرحلة التجميد التي عاشتها النقابات المهنية منذ منتصف تسعينيات القرن الماضي فإن اندلاع ثورة 25 يناير 2011، أسهم في بزوغ نجم الإخوان في العمل النقابي مرة أخرى، حيث نجح بعض أعضائها في السيطرة على بعض مجالس النقابات المهنية وعلى رأسها نقابات المهندسين والمعلمين والأطباء والصيادلة وأطباء الأسنان والأطباء البيطريين والمحامين، حيث بدأ المخطط الإخواني للسيطرة على النقابات المهنية بشكل واضح بعد الثورة[60]، إذ فازت قائمة الإخوان بالأغلبية في انتخابات الصيادلة في يوليو 2011[61]. كما فازت قائمة "أطباء من أجل مصر" التي ينتمي معظم أعضائها إلى الجماعة بمنصب النقيب، الذي كان من نصيب خيري عبدالدايم، في انتخابات نقابة الأطباء في أكتوبر من العام نفسه[62].

---

59. د. علي الدين هلال، النظام السياسي المصري بين إرث الماضي وآفاق المستقبل: 1981 - 2010، (القاهرة: الدار المصرية اللبنانية، يناير 2010)، ص 426.

60. جمال رفيق عوض عبادي، "تجربة الإخوان المسلمين في حكم مصر بعد ثورة 25 يناير وآثارها على الحياة السياسية في مصر"، نابلس، رسالة ماجستير، كلية الدراسات العليا، جامعة النجاح الوطنية في نابلس بفلسطين، 2011، ص25،

https://repository.najah.edu/bitstream/handle/20.500.11888/10536/Jamal%20Abbadi.pdf?sequence=1&isAllowed=y

إسلام أبازيد وعفاف صبري، "النقابات المهنية بعد ثورة 25 يناير: اختراق إخواني وأزمات مستمرة"، البوابة نيوز، 24 يناير 2018: https://bit.ly/3ltgd1E

61. "قائمة الإخوان تحقق فوزاً كاسحاً في انتخابات الصيادلة.. النتائج العامة تؤكد فوز الجماعة بمقعد النقيب و65% من إجمالي المقاعد بالنقابة العامة والمحافظات"، اليوم السابع، يوليو 2011 https://bit.ly/2YG0Zh5

62. "الإخوان يكتسحون انتخابات نقابة أطباء مصر"، الجزيرة نت، 15 أكتوبر 2011، https://bit.ly/3iPqxiG

ولم تترك الجماعة نقابة المحامين بعد ما جاءت نتائج انتخاباتها مخيبة لآمال الجماعة بفقدان منصب النقيب أمام سامح عاشور، إلا أن الإخوان سيطروا على نحو الثلثين من مقاعد مجلس النقابة ومكتبها التنفيذي[63]. ثم جاءت انتخابات نقابة الصحفيين في أكتوبر 2011 ليفوز فيها ممدوح الولي المحسوب على التيار الإسلامي بمنصب النقيب[64]، وبذلك سيطر عناصر الإخوان على الكثير من النقابات، خلال تلك المرحلة، يضاف إلى ذلك محاولة إسقاط القانون رقم (100) والذي كان ينظم انتخابات النقابات المهنية في مصر كما سبقت الإشارة إليه.

ويمكن القول إن نهج عمل الجماعات الدينية المسيسة وأبرزها جماعة الإخوان بعد ثورة 25 يناير أسفر عن نجاح نفاذهم إلى مختلف الفئات الاجتماعية الهشة وتوظيفها سياسياً، وذلك بعد أن كانت الخطوات الأولى هي النجاح في النفاذ إلى قطاعات من الطبقة الوسطى ومن خلال النقابات المهنية. لكن مع قيام ثورة 30 يونيو 2013، تقلصت سيطرة الإخوان على النقابات المهنية[65]، وبدأ تساقط أعضاء الجماعة، يتتابع، نقابة تلو الأخرى، بحيث لفظ أعضاء النقابات أعضاء الجماعة والمحسوبين عليها من مجالس إدارة النقابات بدرجة كبيرة[66].

63. "فوز الإسلاميين بنقابة المحامين بمصر"، الجزيرة نت، 24 نوفمبر 2011، https://bit.ly/3oRM5z5

64. فاطمة سويري، "إعلان فوز ممدوح الولي بمنصب نقيب الصحفيين بفارق 247 عن منافسه يحيى قلاش"، بوابة الأهرام، 26 أكتوبر 2011. http://gate.ahram.org.eg/News/131136.aspx

65. "النقابات المهنية بعد ثورة يناير: اختراق إخواني"، البوابة نيوز، 24 يناير 2018، على الرابط التالي: http://www.albawabhnews.com/2914990

66. لمزيد من التفاصيل انظر:
"30 يونيو أنقذت الجماعات والنقابات من مخطط الإخوان للسيطرة الكاملة" صحيفة الوطن، 14 أغسطس 2019. https://www.elwatannews.com/news/details/4297730
إسراء سليمان، "الإخوان فقدوا السيطرة على النقابات المهنية.. باستثناء العلميين"، صحيفة الوطن، 29 يونيو 2016. http://www.m.elwatan.news.com/news/details/1244462
نادية صبحي "انهيار عرش الإخوان في نقابات مصر"، صحيفة الوفد، 20 ديسمبر 2013، https://bit.ly/3uWHxsh
خلف علي حسن، "حصاد الشوك.. ما تبقى للإخوان من نقابات"، المصري اليوم، 24 يناير 2014، https://www.almasryalyoum.com/news/details/380691

رابعاً: سيناريوهات استشراف قدرة الإخوان على استعادة أدوات التغلغل المجتمعي والصراع السياسي

تلقت جماعة الإخوان المسلمين عقب سقوطها من الحكم في عام 2013 ضربات عدة أفقدتها أذرعها الإعلامية والاجتماعية التي استخدمت سواء في الصراع السياسي مع نظم الحكم أو في التغلغل في المجتمع، الأمر الذي يطرح تساؤلاً مهماً حول مدى قدرة الجماعة على استعادة هذه الأذرع، وفي محاولة للإجابة عن هذه التساؤلات يمكن الحديث عن السيناريوهات التالية.

1- سيناريو البحث عن أدوات جديدة للتغلغل المجتمعي

ينطلق هذا السيناريو من أن جماعة الإخوان لا يمكنها الاستسلام للضغوط التي تتعرض لها من خلال الحصار الأمني لها في الداخل، وتحاول البحث عن مصادر تخفف من أزماتها مثل الاستفادة من أذرعها الإعلامية في الخارج للدفاع عنها والترويج لأفكارها ومحاولة تشويه الإصلاحات التي قامت بها مؤسسات الدولة المصرية على أصعدة مختلفة، مع استغلال سياقات محفزة للتحريض على العنف وتبني النمط "التثويري"، كلما أمكن ذلك، في محاولة لتحريض الناس على الخروج والانقلاب والاصطدام بأجهزة الدولة والأمن، عبر تثوير حالة الغضب والاحتقان التي تنتاب الرأي العام المصري تجاه بعض الأزمات كحالة الركود الاقتصادي، واستغلال إجراءات الإصلاح الاقتصادي في الدعوة إلى الثورة والخروج على القوانين أيضاً.

كما يلاحظ استمرار تبنّي الخطاب الإعلامي لجماعة الإخوان النمط "التشكيكي" عبر محاولة إحداث فجوة ثقة بين النظام الحاكم والرأي العام بشأن أي موقف سياسي. وكذلك تبنّي النمط التهويلي عبر تضخيم الانتقادات الموجهة للنظام بين الحين والآخر، والإيحاء بأن هناك ثورة قادمة. غير أن هناك كوابح لحدوث هذا السيناريو منها حالة الضعف الهيكلي التي

تواجه الجماعة. فضلاً عن إدراك قطاعات واسعة من المجتمع المصري التأثيرات السلبية لعودة سياسات تثوير الشارع المصري وعدم عودة مسار الفوضى مرة أخرى. إضافة إلى أن الأذرع الإعلامية التي أطلقتها الجماعة في الخارج لم تؤتِ ثمارها خاصة وأنها باتت رهينة التحولات السياسية كما هو الحال في تغير نمط العلاقات بين مصر وتركيا؛ ما انعكس بالسلب على أداء قنوات الإخوان الفضائية التي كانت تبث من تركيا.

2- سيناريو الدخول في كمون مجتمعي داخلي مقابل نشاط خارجي

يفترض هذا السيناريو أن جماعة الإخوان ستلجأ إلى تبنِّي خيار تكتيكي وهو الدخول في مرحلة "كمون" وليس حالة "نوم" توحي خلالها لأجهزة الدولة ومؤسساتها في مصر أنها تنهار أو على وشك الانهيار بما يؤدي إلى تخفيف الضغط على المؤيدين والمتعاطفين معها، وأنها لن تصبح رقماً في معادلات الحكم الجديدة بعد ثورة 30 يونيو، في ظل "الجمهورية الجديدة" التي تضع ضمن توجهاتها القضاء على أية مرتكزات إخوانية في مفاصل الدولة المصرية عبر تشريعات قانونية.

وبناء عليه، يظل الخيار المتاح لجماعة الإخوان في ظل تشرذمها هو تكنولوجيا الشبكات الاجتماعية، واغتنام فرصة صعوبة التضييق الكامل على أعضائها إذ إن الضغط على جماعة الإخوان يشبه الضغط على عبوة معجون الأسنان، بمعنى أن التضييق عليها في مجال قد يدفع بها إلى الانطلاق إلى مجال آخر. ولعل ذلك يفسر استمرار بحث أعضاء جماعة الإخوان بالخارج عن مكان يضمن أمنهم واستمرار نشاطهم[67].

---

67. "جماعة الإخوان المسلمين: إخوان مصر بعد ثمانية أعوام من الإطاحة بهم عن الحكم إلى أين؟"، بي بي سي عربي، 3 يوليو 2021. https://www.bbc.com/arabic/middleeast-57696148

إلى جانب ذلك، قد تستثمر الجماعة وجود أفرع لها في بعض الدول الغربية من أجل استعادة قدراتها الإعلامية والاجتماعية، وذلك عبر تصوير نفسها بأنها جماعة متسامحة تؤمن بالديمقراطية وتحترم الحريات العامة. وهنا تجدر الإشارة إلى أن جماعة الإخوان ستستمر في تعزيز وجودها في بروكسل، عاصمة الاتحاد الأوروبي، والانطلاق منها إلى التغلغل في باقي أنحاء القارة الأوروبية، وتعتمد في ذلك على أذرعها الإعلامية التي تسعى إلى إبراز الجانب الدعوي والخيري للجماعة، لجعلها أكثر قبولاً في أوساط الجاليات الإسلامية والمجتمعات الأوروبية بوجه عام. لكن ذلك لم يؤتِ ثمار التأثير المرجوة منه في وضع الجماعة داخل مصر.

3- سيناريو انحسار أدوات التغلغل الإخواني في ظل الضغط الأمني والرفض المجتمعي

يرجح هذا السيناريو مواصلة تراجع جماعة الإخوان في الداخل المصري بسبب عدم قدرة الجماعة على الحفاظ على البناء التنظيمي والإداري للجماعة، لاسيَّما في ظل الصراع بين قيادات الجماعة وبين القيادات نفسها وشباب الإخوان[68]، بخلاف سياسة الملاحقات الأمنية لبعض عناصرها في مختلف المحافظات، فضلاً عن تركيز مؤسسات الدولة على التنمية البشرية في المحافظات التي كانت تتمتع بثقل ونفوذ إخواني حينما كانت جماعة الإخوان جزءاً من جهود تنظيم المجتمع، وخاصة في حقبة الرئيس حسني مبارك، بطريقة تهدف إلى تلبية الخدمات الأساسية الصحية والتعليمية وغيرها. وفي هذا السياق، يعاني الوجود الاقتصادي والاجتماعي والخطاب الإعلامي لجماعة الإخوان أزمة واضحة تمثل عائقاً لتغلغلها مرة أخرى في المجتمع المصري.

---

68. أشرف عبدالحميد، "مبادرات الصلح فشلت.. احتدام الصراع بين جبهتي الإخوان على عدة ملفات"، العربية نت، 22 أكتوبر 2021. https://bit.ly/3Eauwi3

ومن استعراض السيناريوهات السابقة يمكن القول إن السيناريو الثالث هو الأقرب إلى التحقق لمستقبل أدوات تغلغل جماعة الإخوان في مصر، وفقاً لاقتراب هيكل الفرص السياسية، إذ تتزايد القيود التي تواجهها من ناحية وتتعاظم فرص النظام السياسي الذي تشكل بعد خروجها من الحكم وتصنيفها كجماعة إرهابية وفقاً للقانون من ناحية أخرى، وتراجع نفوذ فروع الإخوان في العديد من الدول العربية بما يعزز التصويت العقابي لهم في الاستحقاقات الانتخابية من ناحية ثالثة. علاوة على اتضاح الازدواج في الخطاب الإعلامي للإخوان، حيث يركزون على قيم التسامح والانفتاح والتعايش والحريات والديمقراطية واحترام حقوق المرأة في خطابهم إلى الخارج، بينما الخطاب الموجه إلى الداخل يركز على انتقاد الأنظمة والحكومات والتحريض على العنف والكراهية.

خاتمة

يتضح مما سبق، أن نوافذ الفرص التي أتيحت لجماعة الإخوان المسلمين، لم تكن عقب ثورة 25 يناير 2011، وإنما وفق ما أشارت إليه بعض الأدبيات، بدأت في عهد الرئيس السادات الذي تبنى سياسات التحرير السياسي والانفتاح الاقتصادي، إذ أتاح الحرية للحركات الإسلامية وفي مقدمتها جماعة الإخوان المسلمين التي كانت تواجه حالة صدام دائمة ومستمرة مع نظام الرئيس جمال عبدالناصر، حيث رأى السادات وقتها أن قوى التيار الإسلامي تعد بمنزلة قوى مؤثرة وفاعلة يمكن توظيفها واستثمارها لمواجهة قوى التيار اليساري.

ومن ناحية أخرى توافرت نافذة للفرصة لتيار الإسلام السياسي وبالأخص جماعة الإخوان في عهد الرئيس مبارك، حيث أدى ذلك إلى نفاذ الجماعة وبعض التيارات السلفية إلى القواعد الشعبية الفقيرة وهو ما تحقق بشكل فعلي من خلال العمل الخيري لتسد الثغرات في أداء الدولة خاصة في مجال الصحة والرعاية الاجتماعية لاسيَّما في محافظات الوجه القبلي الأكثر فقراً، بخلاف محاولة السيطرة على النقابات المهنية عبر التركيز على الطبقة الوسطى، كما بذل إعلام جماعة الإخوان دوراً ملموساً للتعبير عن رؤيتها لتغيير المجتمع، مستخدمة وسائل إعلام متنوعة (المرئية، والمكتوبة، والمقروءة)، فضلاً عن الإعلام الإلكتروني (السوشيال ميديا).

وقد كان لتأثير الأدوات التي وظفتها الجماعة في الحقل الديني والعمل السياسي (الإعلام والنشاط الخيري والنقابات المهنية)، دوراً في خلق عمق اجتماعي للجماعة عابر للطبقات الاجتماعية، مكَّنها من الحصول على كتلة تصويتية مساندة للجماعة في الوصول إلى السلطتين التشريعية والتنفيذية عقب ثورة 25 يناير 2011، إلا أن ممارسات الإخوان الخاطئة في الحكم

وسوء إدارتها للسلطة، قد قلص من شعبيتها، وأدى إلى تآكل رصيدها المجتمعي وعدم جدية وفاعلية أدوات التأثير في عملها كما سبقت الإشارة بالتفصيل.

ومن ثم كانت ثورة 30 يونيو 2013، بمنزلة افتقاد جماعة الإخوان لنافذة الفرصة بسقوط حكمها بل وتصنيفها جماعة إرهابية في الداخل والخارج، وهو ما أضعف تأثيرها في المرحلة اللاحقة لاسيَّما مع السياسات التنموية التي يقوم بها النظام الحاكم في مصر بما يزيد شرعيته القائمة على الإنجاز من ناحية وملاحقة أعضاء الإخوان من ناحية أخرى، وكذلك وجود عدد كبير من القيادات المؤثرة فكرياً وتاريخياً في جماعة الإخوان داخل السجون المصرية، بعد محاكمتهم قضائياً بتهم متعلقة بالتطرف والإرهاب، حصدوا خلالها العشرات من الأحكام النهائية ما بين الإعدام والمؤبد، والتي من شأنها أن تجعلهم خارج الخدمة التنظيمية من ناحية ثالثة.

وتبدو قدرة الجماعة على استعادة أذرعها الإعلامية والاجتماعية التي مكنتها من التغلغل المجتمعي وخوض الصراع السياسي ضئيلة على المَديين القريب والمتوسط بالنظر إلى فقدانها حاضنتها الشعبية والتضييق عليها إقليمياً ودولياً وضمور أيديولوجيتها.

قائمة المراجع

باللغة العربية

أولاً: الكتب

1- السيد ياسين (رئيس تحرير)، "التقرير الاستراتيجي العربي عام 1988"، القاهرة، مركز الدراسات السياسية والاستراتيجية بالأهرام، 1989.

2- د. أماني قنديل، "الجمعيات الأهلية في مصر وسنوات المخاطر (2011- 2017)"، 2017.

3- د. شرين محمد فهمي، "إخوان مصر: بين الصعود والهبوط 2011 – 2017"، (القاهرة: دار العربي للنشر والتوزيع)، 2019.

4- عبدالرازق محمد الدليمي، "الإعلام الإسلامي"، (عمان: دار المسيرة، 2013).

5- د. عبدالعظيم رمضان، "تطور الحركة الوطنية في مصر: 1918 - 1936"، الجزء الأول، (القاهرة: الهيئة العامة للكتاب، 1996).

6- د. علي الدين هلال، النظام السياسي المصري بين إرث الماضي وآفاق المستقبل: 1981- 2010، (القاهرة: الدار المصرية اللبنانية، يناير 2010).

7- د. محمد شومان، "ثورة 25 يناير في الخطاب الإعلامي لجماعة الإخوان المسلمين في نهاية السلطة ووهم التمكين"، (دبي: مركز المسبار للدراسات والبحوث، 2011).

8- محمد منصور محمود هيبه، "الصحافة الإسلامية في مصر بين عبدالناصر والسادات: 1952-1980"، (القاهرة: دار الوفاء، 1990).

9- محمد موسى البر، "الإعلام السياسي: دراسة تأصيلية"، (القاهرة: دار النشر للجامعات، 2010).

10- ناثان براون، المشاركة لا المغالبة: الحركات الإسلامية والسياسة في العالم العربي، ترجمة سعد محيو (بيروت: الشبكة العربية للأبحاث والنشر ومركز كارنيجي للشرق الأوسط، 2012).

11- د. هالة مصطفى، "الدولة والحركات الإسلامية المعارضة بين المهادنة والمواجهة في عهدي السادات ومبارك"، (القاهرة: دار أجيال المستقبل للطباعة والنشر، 1995).

ثانياً: الدوريات

1- خالد حنفي علي، "ظاهرة نشطاء الإنترنت في مصر"، ملف الأهرام الاستراتيجي، القاهرة: مركز الأهرام للدراسات السياسية والاستراتيجية، العدد 104، (أغسطس 2003).

2- محمد سعد إبراهيم، "نحو مدخل نظري جديد لتفسير دور الإعلام في أزمة الشرعية في مرحلة التحول الثوري"، المجلة العربية لبحوث الإعلام والاتصال، القاهرة: الجامعة الكندية، العدد الأول، السنة الأولى، (2013).

3- د. هشام العوضي، "الإسلاميون في السلطة: حالة مصر"، مجلة المستقبل العربي، بيروت: مركز دراسات الوحدة العربية، العدد 413، (يوليو 2013).

ثالثاً: الرسائل العلمية

1- جمال رفيق عوض عبادي، "تجربة الإخوان المسلمين في حكم مصر بعد ثورة 25 يناير وآثارها على الحياة السياسية في مصر"، نابلس، رسالة ماجستير، كلية الدراسات العليا، جامعة النجاح الوطنية في نابلس بفلسطين.

2- شرين محمد فهمي محمد، "التغير في هيكل الفرص السياسية في مراحل الحراك الثوري: دراسة حالة جماعة الإخوان المسلمين في مصر"، القاهرة، رسالة دكتوراه، قسم العلوم السياسية، كلية الاقتصاد والعلوم السياسية، جامعة القاهرة، 2017.

3- محمد شومان، "تطور فكرة القومية العربية في الصحافة المصرية 1924- 1952"، القاهرة، رسالة ماجستير غير منشورة، كلية الإعلام، جامعة القاهرة، 1990.

رابعاً: الندوات والمؤتمرات

1- د. شريف درويش اللبان، "البحث عن الدور المنشود: دور الإعلام في دعم مؤسسات الدولة المصرية"، 2018، ورقة مقدمة للمؤتمر العلمي الدولي الثالث للمعهد الكندي للإعلام بالقاهرة، الذي عقد خلال الفترة 2-3 مايو 2018 بعنوان "دور الإعلام العربي في دعم مؤسسات الدولة في ظل المتغيرات الراهنة".

2- علي جلال معوض، "تفسيرات تعثر الأحزاب الإسلامية الصاعدة إلى السلطة في مرحلة ما بعد الثورات"، ورقة مقدمة إلى ورشة عمل التحولات الداخلية" الحكومات الملتحية:

تعثر الأحزاب الإسلامية الصاعدة إلى السلطة في مرحلة ما بعد الثورات في المنطقة العربية"، 19 فبراير 2014، القاهرة: المركز الإقليمي للدراسات الاستراتيجية.

خامساً: المواقع الإلكترونية

1- إبراهيم الصياد، "لماذا فشل الإخوان في حكم مصر؟"، الحياة، 22 يونيو 2019.

2- إسراء سليمان، "الإخوان فقدوا السيطرة على النقابات المهنية.. باستثناء العلميين"، صحيفة الوطن، 29 يونيو 2016، على الرابط: http://www.m.elwatan.news.com/news/details/1244462.

3- إسلام أبازيد وعفاف صبري، "النقابات المهنية بعد ثورة 25 يناير: اختراق إخواني وأزمات مستمرة"، البوابة نيوز، 24 يناير 2018، على الرابط: https://bit.ly/3ltgd1E

4- "الأسماء.. خريطة الإخوان بالنقابات المهنية: الجماعة سيطرت على غرف لصناعة القرار كهيئات استشارية للحكومة.. والمستقلين: الحرية والعدالة حشد طاقاته البشرية لإحكام قبضته على مفاصل الدولة"، 16 مارس 2013، اليوم السابع، على الرابط: https://bit.ly/3aEa1xP

5- "الإخوان يكتسحون انتخابات نقابة أطباء مصر"، الجزيرة نت، 15 أكتوبر 2011، على الرابط: https://bit.ly/3ArWIei

6- "الحكومة: قرار اعتبار الإخوان جماعة إرهابية يسري على الحرية والعدالة"، المصري اليوم، 25 ديسمبر 2013. https://www.almasryalyoum.com/news/details/363901

7- "النقابات المهنية بعد ثورة يناير: اختراق إخواني"، البوابة نيوز، 24 يناير 2018، على الرابط: http://www.albawabhnews.com/2914990

8- د. أماني قنديل، "التحولات في البنية والوظيفة: المجتمع المدني بعد الثورات في مصر" المركز العربي للدراسات والبحوث، 30 ديسمبر 2014، على الرابط: http://www.acrseg.org/30498.

9- "حمد بن خليفة.. تاريخ من الانقلابات والتآمر"، البيان الإماراتية، 3 يوليو 2017، على الرابط: https://www.albayan.ae/one-world/arabs/2017-07-03-1.2993709

10- حملة "معاً نبني مصر"، 2013، على الفيس بوك: http://www.facebook.com/hm/tk/naHnbnymsrkfrAlshykh

11- خلف علي حسن، "حصاد الشوك.. ما تبقى للإخوان من نقابات"، المصري اليوم، 24 يناير 2014، على الرابط التالي: http://www.almasryalyoum.com>details

12- رشا عبدالله، "الإعلام المصري في خضم الثورة"، صدى كارنيجي، 16 يوليو 2014، على الرابط: https://carnegieendowment.org/sada/?fa=56329&lang=ar

13- شريف درويش اللبان، "من النشأة إلى السقوط: الأدوات الإعلامية لجماعة الإخوان المسلمين"، المركز العربي للبحوث والدراسات، 19 مارس 2014، على الرابط: http://www.acrseg.org/2644

14- عبدالله خليل، "القيود الدستورية والتشريعية على حرية الرأي والتعبير في عهد الرئيس مرسي"، العربية نت، 31 مارس 2013، على الرابط: -http://www.alarabiya.net 31-3-2013

15- د. عمار علي حسن، "اقتصاديات الإخوان المسلمين بمصر"، السفير العربي، 31 أكتوبر 2012، على الرابط: -http://www.arabi-assafir.com/printaticle.asp?aid=390/31 10-2012

16- عمرو صحصاح، "4 وزراء ورئيس مجلس للإعلام في 3 سنوات.. مقابل 3 وزراء لمدة 30 عام"، اليوم السابع، 22 أغسطس 2013، على الرابط: https://bit.ly/3ApcID3

17- عبدالفتاح سالم، "30 يونيو" ثورة قصمت ظهر "إعلام الإخوان"، صحيفة المبتدأ، 26 يونيو 2018: https://www.mobtada.com/details/736194

18- "مركز تريندز للبحوث والاستشارات ينظم ندوة عن بعد تحت عنوان الإخوان المسلمين والإعلام بين الأيديولوجيا والسياسة"، الوطن، 12 نوفمبر 2020. https://bit.ly/3pAUmrw

19- فاطمة سويري، "إعلان فوز ممدوح الولي بمنصب نقيب الصحفيين بفارق 247 عن منافسه يحيى قلاش"، بوابة الأهرام، 26 أكتوبر 2011. على الرابط: http://gate.ahram.org.eg/News/131136.aspx

20- "فوز الإسلاميين بنقابة المحامين بمصر" الجزيرة نت، 24 نوفمبر 2011، على الرابط: https://bit.ly/3mKKCrU

21- "قائمة الإخوان تحقق فوزاً كاسحاً في انتخابات الصيادلة.. النتائج العامة تؤكد فوز الجماعة بمقعد النقيب و65% من إجمالي المقاعد بالنقابة العامة والمحافظات"، اليوم السابع، يوليو 2011. على الرابط: https://bit.ly/3amaQuO

22- محمد بسيوني عبدالحليم، "تآكل شعبي: مأزق شبكات الرعاية الاجتماعية لإخوان مصر بعد 30 يونيو"، الموقع الإلكتروني للمركز الإقليمي للدراسات الاستراتيجية، 30 سبتمبر 2013، على الرابط: http://www.ressmideast.org/30-9-2013

23- "مصر تعلن الإخوان المسلمين جماعة إرهابية يحاكمها القانون"، رويترز، 25 ديسمبر 2013. على الرابط: https://reut.rs/3GeDtZz

24- منير أديب، "إعلام الإخوان المسلمين ودعايات الفوضى والعنف"، المركز اللبناني للأبحاث والاستشارات، 24 أكتوبر 2018، على الرابط: -http://www.center lcrc.com/index.php?s=22&id=27202

25- نادية صبحي، "انهيار عرش الإخوان في نقابات مصر"، صحيفة الوفد، 20 ديسمبر 2013. على الرابط: https://bit.ly/3uWHxsh

26- هبة عفيفي، "ثورة الغلابة 11/11"، انتشار واسع يحيطه الغموض"، مدى مصر، 6 نوفمبر 2016. https://www.madamasr.com/6/11/2016

27- "30 يونيو أنقذت الجماعات والنقابات من مخطط الإخوان للسيطرة الكاملة"، صحيفة الوطن، 14 أغسطس 2019، على الرابط التالي: https://www.elwatannews.com/news/details/4297730

28- "خانوا وطنهم فتسولوا لقمتهم في الغربة.. قنوات الإخوان في تركيا هكذا بدأت ثم انهارت"، مركز المرجع لدراسات وأبحاث استشرافية حول الإسلام الحركي ومقره باريس، 30 يونيو 2011: https://www.alarjie-paris.com/18071

29- "كتائب إلكترونية وقنوات إخوانية لتفتيت مصر"، الموقع الإلكتروني لبوابة الأهرام. https://www.gate.ahram.org.eg/daily/News/202357/12/608615/

Periodicals

1- Von Anita Breure,(1/2014) "Media experiences and communication strategies of the Egyptian Muslim Brotherhood from 1928 to 2011", A brief historical overview for Schungs Journal. http://www.forschungsjournal.de/fisb-plus/2014

Papers

1- Clara – Auguste Sub/ Ahmad Noor Aakhunzzada,(February 2019) "The Socioeconomic Dimension of Islamism Radicalization in Egypt and Tunisia", brief working paper, No. 45.

2- Steven Brooke, (2015), "The Muslim Brotherhood's social outreach After the Egyptian coup", working paper, Brookings's institution.

websites

1- Abdel Rahman Ayyash,(29th April 2019) "Strong Organization, weak Ideology: Muslim Brotherhood Trajectories in Egyptian prisons since 2013", Arab Reform Initiative.

2- Barbara Zollner, (March 11, 2019) "Surviving repression: How Egypt's Muslim Brotherhood has carried on", Carnegie Middle East Center.

3- Jane Kinnimont, (July 2012) "New Socio-Political Actors: The Brotherhood and Business in Egypt", Opinion on the Mediterranean (op-med).

4- Rasha Abdulla, (July 2014), "Egypt's media in the midst of revolution", Carnegie Endowment for International peace.

نبذة عن المؤلف

باحثة متخصصة في حقل السياسات المقارنة بشكل عام وحركات الإسلام السياسي بوجه خاص. حصلت على درجة الدكتوراه عن موضوع: (التغير في هيكل الفرص السياسية في مراحل الحراك الثوري، دراسة حالة جماعة الإخوان المسلمين في مصر 2011- 2013) من كلية الاقتصاد والعلوم السياسية، جامعة القاهرة، عام 2017، بتقدير ممتاز.

صدر لها كتاب بعنوان: "إخوان مصر بين الصعود والهبوط 2011- 2017"، عن دار العربي للنشر والتوزيع في عام 2019. كما نُشرت لها العديد من الدراسات عن الحركات الاجتماعية والتيارات الإسلامية والتحولات الداخلية في المنطقة العربية في دوريات متخصصة مثل: "السياسة الدولية"، و"كراسات استراتيجية"، و"شؤون عربية" و"المستقبل العربي"، و"المجلة العربية للعلوم السياسية"، و"المجلة الاجتماعية القومية".

وقد درَّسَت مقررات "النظم السياسية" و"النظام السياسي المصري" لطلبة مرحلة البكالوريوس في كلية الاقتصاد والعلوم السياسية بجامعة القاهرة، وكلية الاقتصاد والإدارة بجامعة 6 أكتوبر، وكلية الإعلام بجامعة الأهرام الكندية.